당신의 미소 앞에

당신의 미소 앞에

2024년 6월 15일 제 1판 인쇄 발행

지 은 이 ㅣ 김영승
펴 낸 이 ㅣ 박종래
펴 낸 곳 ㅣ 도서출판 명성서림

등록번호 ㅣ 301-2014-013
주 소 ㅣ 04625 서울시 중구 필동로 6(2층 · 3층)
대표전화 ㅣ 02)2277-2800
팩 스 ㅣ 02)2277-8945
이 메 일 ㅣ ms8944@chol.com

값 10,000원
ISBN 979-11-93543-92-4

당신의 미소 앞에

김영승 제27시집

도서출판 명성서림

　사람이 살아가면서 인연이라는 게 있다.

　인연 중에도 좋은 인연과 악연은 항상 상반 되어 있는 것 같다.

　나에게 문학이라는 인연은 40여년 가까이 아무 일 없이 무탈하게 지내왔고, 사람에 대한 인연은 가슴 아픈 상처를 겪어왔지만, 이제는 모든 것을 내려놓고 문학에만 열중하기로 했다.

　지금 나에게는 참 소중한 인연이 있다.

　그 인연만큼은 꼭 지키고 싶다.

　고향을 지키고 살아가면서 문학의 삶은 나에게 참 소중한 것이다.

　문학의 불모지나 다름없는 진도에서 이제 저는 30권의 책을 발간한다.

　돈도 되지 않는 문학 생활이지만 조금이라도 진도 예술의 고장에서 가장 앞서야 할 문학이 다른 예술에 뒤처지는 것이 가슴 아파 부지런히 창작 생활에 임하고 있다.

진도문인협회 지부장을 내려놓고 나서 그동안 써놓았던 작품들을 정리하다 보니, 올해 두 권의 시집을 출간하게 되었다. 열심히 썼다고는 하나 출간하고 나면 어딘가 아쉬움이 남는다. 그러나 독자들의 사랑을 받고 싶다. 제4부에서는 군민들이 애송하는 시들을 모아 보았다.

　이 시집이 출간하도록 옆에서 도와준 아들 김조국강산에게 고마움을 전한다.

　　　　　2024년 6월 현봉창작실에서 저자

2

어버이날 하루 전

3

사 랑 이 야 기

4

진도군민이 뽑은 애송시 모음

1

당신의 미소 앞에

당신의 미소 앞에

당신의 미소 앞에
아름다운 향기를 더하며
진실한 마음을 바칩니다

꽃이라는 이름을 주었을 때
당신은 꽃이 되어
내게로 다가왔습니다

나는 그 꽃과 함께
어우려저 살고
행복한 친구가 되었습니다

그리하여
사랑이라는 것을 알고
사랑을 품고 살아갑니다.

당신이 생각나

꽃집을 지나가는데
문득 당신이 생각났다
꽃집에 들어가
꽃을 샀다
그러나 당신은 너무 멀리 있다

꽃을 어떻게 할까 하다가
꽃병에 꽂아 놓았다
꽃은 계속 시들고 있다
날마다 보고 싶은 내 마음과 반대로.....

당신은 모른다
당신은 평생 내 마음 모른다.

바람인양 구름인양

인생길 나그네 길
가는 길 있으면 오는 길 있어
행복도 불행도
우리가 짊어지고 갈
운명이려니
그냥 바람인양 구름인양
세월과 함께 흘러가는 게
인생이려나.

행복에 커트라인은 없다

행복이란 마음먹기에 달려있다
행복이란 누구에게나 있는 것이지
정해진 행복은 없다

불행도 정해진 것은 없다
불행도 누구에게나 있는 것이지
정해진 불행은 없다

행복하다고 믿는 사람에게는
실제로 행복이 찾아오고
불행이 있다고 생각하는 사람에게는
실제로 불행이 찾아오는 것이다

행복과 불행에는
실제로 커트라인 이라는 것은 없다
스스로 만들어 가는 것이다

행복과 불행은
상반되어 항상 우리 곁에 잠재해 있다
당신은 지금 얼마나 행복하나요?

이보소 이보소 친구!

이보소
들고있는 짐 좀 내려놓게
뒤에서 보나 앞에서 보나
너무 무겁게 보여!
친구는 지금 지쳐 있어?
그렇게 인생 살아서 뭐하겠나

세상의 모든 짐 다 들고 있는 것처럼
제발 그렇게 살지 말소!
물 흘러가듯이 순리대로 살아가면
인생도 그런대로 사는 맛이 있을 것이네
알았는가 친구!

서두른다고 이른 해가 떠오르지 않고
시간이 되어야 해가 떠오르는 법이고
밤이 빨리 오기를 바란다고
밤이 오지 않는 법을 왜 모르는가
밤은 말일세 해가 언제 질지 모르지만
해가 져야만 그때부터 밤이라 한다네

어디까지 가는 줄은 모르지만
지금 거기에 두팔이 짐 다 내려놓고
좀 쉬었다 가소!
그게 인생이라네.

늙어간다는 것은

늙어간다는 것은
도대체 어떤 길인지
전혀 감을 잡지 못하고
처음가는 길이라
아주 서툴고 두렵기도 합니다

그러나 그길은
모든 사람들이 지나갔던 길이고
누구나 한번쯤 가야하는
지나가는 길이라
담담하게 가려합니다

늙어간다는 게
꼭 슬픈 길만은 아닐거라
마음먹고 초행길이지만
지금까지 살아온 경험과 경륜으로
돌다리 두들기듯 조심스렇게 가려합니다

우리가 늙어간다는 것
인생의 아름다운 황금길로
모두가 축복해주는
그런길을 만들기 위해
스스로 위안을 삼고 그 길을 걸어갑니다.

이 겨울이 지나면 봄이 올테니

그대여!
좌절하지 말라
당신은 누구보다 위대해 질 수 있으리라
나는 그대를 믿을 것이다

그대가 서 있는
지금 그곳이 끝이 아니라
시작에 불과하고 희망으로 가는
그대가 찾는 길임을 명심하리라

어제는 모두 지나간
하나의 추억에 불과하나니
내일을 향해 준비하는 그대는
우리의 희망이 되고도 남음이리라

오뚜기는 쓰러져도
스스로 일어설 줄 알아
오뚜기 인 것이다
그대는 오뚜기를 닮아서 일어서리라

영원할 것 같은 혹독한 겨울이지만
언젠가는 물러갈 것이고
결국 이 겨울이 지나고 나면
푸른 희망의 봄이 올테니.....

행복은 그리 어려운 게 아니다

행복이란 무엇인가
행복은 어디에서 오는가
모든 행복은 비움에서 온다
마음을 비우고 나를 비워라

비움이란 무엇인가
모든 것을 내려놓는 것이다
당장 마음에 짐을 다 내려놓고
들고 있는 짐을 내려 놓거라

그리고 용서하고 사랑하거라
이웃을 사랑하고 나를 사랑하거라
모든 자연을 사랑하거라
그게 행복을 찾는 비움 길이다

흔히 말하는 행복은 행복이 아니다
행복은 보이지도 않고 잡히지도 않는다
사람들은 행복을 찾아 나서지만
행복은 마음먹기에 달려있다

행복은 그리 어려운 것도 아니다
내가 행복하다면 행복한 것이다
돈을 주고도 살 수 없는 게 행복이다
그러나 그리 멀리 있는 것도 아니다

비웠다면 마음을 보거라
그러면 우리가 찾던 행복은 보일 것이다
모두가 갈망하며 그랬던 것처럼....

미분

어디로 갈까

이러지도 저러지도 못한

못난 인생

오늘도 허우적대며

발길을 옮기는데.......

적분

생각없이

걸어오다 멈춰선 그 곳

두팔을 벌려

잡으려해도 보이지않는

홀로 헤매이며 선 이방인.....

사람 사는 일

인간사 세상 일이란
되다가 안 되는게 있고
안 되다가도 되는게 있는게
사람 사는 일 아니겠오

살다보면
죽을 맛 살맛 다 있는게
인간사 사는 맛이여라

아침이 가면 저녁이 오고
저녁이 가면 아침이 오는 것

그게 자연의 순리요
순응이려니
오면 오는데로 가면 가는데로
그렇게 살지어라.

일상에서

지친 하루가 간다
어디로 갈까 헤매이던
그런 길 위에
짐이 되었던 시간들을
하나 둘 내려놓으니
세상은 내 편이 된다

어두움을 뚫고
포근함이 반기는 침실로
걸어 들어 온 나는
천정에 그려지는
숱한 밀어들을 지워가며
나 자신을 위로하며 잠이 든다.

단비

애타는 목마름에
하늘만 쳐다보고
봉화대 불을 지펴
기다리던 단비

농부의 얼굴에
활짝 핀 미소는
갈증을 녹여주고
새 생명 인도하네

산과 들에 내린 봄비
목마른 대지위에
촉촉한 단비되어
막힌 가슴 후련하게
흠뻑 내렸으면...

겨울이 오는 길목에서

떠나는 이 있으면
돌아오는 사람도 있다

곱던 나뭇잎 단풍도
세월을 이겨내지 못하고
하나둘 떠나가고 있다

가슴시린 이별은
늘 슬픔을 간직한다

움추리는 사람들 사이로
영원할 것만 같았던
사랑도 낙엽처럼 떠나간다

낭만이 있는 겨울이라지만
나는 그래서 왠지 겨울이 싫다

따뜻한 모닥불 앞에 놓인
잘 익은 고구마처럼 보드라운
그런 사람을 기다린다

겨울이 오는 길목에 앉아
창가를 타고 내리는 겨울비를 보며...

첨철산 약수물

석가여래 좌상의
영험한 은덕으로
방울방울 떨어지는
해탈의 약수물
인간사 모든 사람들
순리에 순응하네

계행과 해탈의
욕망 벗어 수행하니
깊은 맘 들처 내어
환하게 맑게 하고
이 세상 모든 죄악
약수물로 비우게 한다.

나는 지금

문득문득 떠 오르는
그리움 한 조각
보고 싶은 사람이 있다

속마음을 숨기고
늘 같은 자리에서
지켜보는 등대 같은 사랑

가슴에 꼭 담아
보듬어 주고 싶은 그리움
나는 지금 당신에게 간다.

평산마을의 그대

가깝고도 먼 그곳은
섬도 아닌데
산도 아닌데
다가서지 못하는 그곳은
감옥아닌 감옥이련가

당신은 손짓으로
가끔씩 인사를 나눌뿐
아~ 그리움에 사무쳐
풀꽃 하나 가꾸며
돌아서면 또 그자리

힘내세요 그대여
강해지세요 그대여
당신의 옆에는
당신을 사랑하는
우리가 끝가지 지켜주리다.

2

어버이날 하루 전

어버이날 하루 전

아버님 어머님
사랑합니다 고맙습니다
살아생전 효도 한번 못한
불효자입니다

내일이 어버이 날이라
선산에 누워계시는 부모님 산소에
카네이션 한송이 바치고 왔습니다

어버이날 들려도 되겠지만
"부모불효 사후회"라
남들이 손가락질할까, 봐
어버이날 하루 전 다녀갑니다.

부모님 흔적

아버지는 오늘도
목수 일을 마치고
늦은 밤길을 걸어 오신다

어머니께서는 부뚜막에 앉아
아버지 목욕물을 끓여놓고 나서
호롱불을 들고 아버지 오시는 길
마중을 나가신다

아버지는 지친 모습으로
연장가방을 어깨에 메고 오시면서
마중나온 어머니께 인기척을 한다

어머니께서도 하루종일
진배미 논에서 벼를 베고
몸을 가누기도 힘들기도 하련만은

아버지 연장을 끌어안고
머리에 이고 바쁜걸음으로
집을 향해 돌아온다

집에 돌아와 연장가방을 내려놓고
아버지를 샘가로 불러
고무다라통에 물을 붓고
하루의 피곤함을 닦아드린다

서로 피곤하겠지만
아버지 어머니는 재산 늘리는 맛에
늘 환한 웃음에 행복해 하신다

잊었다가도 음력 4월이 돌아오면
부모님의 흔적이 더 깊은 상념으로
떠 올라 무척 가슴이 아프다.

어머님의 정

풀벌레소리
울어대는 여름밤

베틀에 앉아
베를 짜는 어머니
날을 꼬박 새운다

모시 적삼 베를 짜서
가족들을 감싸 안는
어머님의 희생정신(사랑하나)

손발이 다 닳아가도
한마디 말도 없이
묵묵히 살아왔던
우리들의 어머니

내가 늙어 흰머리 되고 나니
한없이 고마우신
어머님 정 이제 알고
눈물만이 앞을 가려
한없이 흘러내립니다

어머니 어머니 고맙습니다.

어머니! 당신을 사랑합니다

두터운 이불을 덮고서도
항상 춥다고 말씀하시는 어머니
입으로만 세상을 말한다

시간 개념도 없이
혼자말로 살아가시는 어머니
어머니! 당신을 사랑합니다

방금 식사를 마치고서도
밥을 달라시는 어머니
소화도 잘 안 되실텐데 걱정이다

365일을 방안에서
새우등처럼 굳어버린 몸골
눈물만 뚝뚝 흘리신다

여기 무릎 꿇은 불효자는
가슴이 찢어지듯이
너무너무 마음이 아파옵니다

이제는 홀홀 털고 일어나셔야죠
회초리로 저를 때리셔야죠
그리고 용서해 주셔야죠.어머니!

어머니!
당신을 많이 사랑합니다
당신은 훌륭했습니다.

외 할머니

겨울비가 내리는 날
산 그림자 내려앉으면
외할머니 생각이 난다

머리를 쓰담으며
가슴을 다독이며
강아지 내 강아지 하면서
두 손을 잡고 용돈을 주시던

외할머니 생각이 난다
우리는 그렇게 외할머니 손에서 컷지요
그랬던 외할머니 우리곁을 떠나갔지요
외할머니 떠나는 날도

오늘처럼 겨울비가 내렸었지요.
외할머니 고맙습니다
외할머니 생각납니다.

아이야! 이 세상을 살아 갈 때

아이야 이 세상을 살아갈 때
진흙 속에서도 오롯이 피어오르는
아름다운 연꽃처럼
정 많고 배려심 많은 사람으로 살아가거라

인생의 길을 나설 때
섣불리 발 내밀지 말고
한 번 더 생각하고
한 번 더 물어보고
후회 없는 길이거든
세상을 자신 있게 안고 살아가거라

내 이웃을 대할 때
항상 미소 짓는 웃는 얼굴로
나눔과 배려의 마음으로
어둠을 밝히는 등불이 되어
사랑받고 사랑 주는 그런 사람으로
세상을 맘껏 살아가거라.

누름돌을 보며

옛날 할머니께서는 어린 나를 데리고
빨래터가 있는 냇가로 나가
모나지않는 둥그스런 돌을
고르고 골라 집으로 가져왔는데
그게 누름돌이였습니다

누름돌은 우리집에 필수였습니다
누런 단무지를 담가도
누름돌로 눌러놓고
동치미를 담가도 누름돌을 넣어놓으면
누름돌의 무게로 숨이 죽어
빨간 갓 물이 우러나서
동치미의 깊은 맛을 내어줍니다

장독대위에 뚜껑을 보면
동글동글한 돌들이 여러개 있어
어릴 때에는 장독대 뚜껑이 벗겨지지 않도록
무겁게 눌러놓았을까 궁금했지만
그게 필요했던 누름돌 이었습니다

지금 곰곰히 생각해 보니 누름돌은
할머니도 그랬고 어머니도 그랬고
모든 여인들의 맺힌 한도 누르고
참고 살아가는 하나의 정표였던 돌이
누름돌이 아니었을까요

요즘 사람들 참을성 없고
사소한 일에도 짜증내며
자기 성질대로 살아가는 사람들에게
감정을 삭히고 누르는 누름돌 하나씩 가지고
살아갔으면 어떨까 합니다

천년이 흘러도 변하지 않는
누름돌의 역할처럼 요지경 세상의
부풀은 거짓과 행동을 눌러 숨죽이는
누름돌이 지금 이 시대에 꼭 필요한
돌이지 않을까 생각이듭니다.

충혼탑 앞에 서서

조국에 몸을 바친 충혼들이여!
죄송합니다 죄송합니다
오늘 우리는
아직도 하나가 되지 못했습니다
아직도 통일을 이루지 못했습니다

갈기갈기 찢긴 산하 가슴에 품고자
한라에서 백두까지 쉬지 않고 달려
어린 고사리손의 힘까지 합쳐 조국에 몸을 바친
자랑스러운 대한의 건아 그 아들 딸들이여!
오늘만은 그대로 편히 쉬소서!

애국 애족의 푸른 정신으로
그토록 간절히 몸을 던져 나라를 구하고자 했던
빗발처럼 쏟아지는 포탄과 총알 탄 앞에서
나의 아버지는 압록강 전투에서 부상을 당하셨고
나의 작은 아버지는 개성전투에서 목숨을 잃었습니다

내 사랑하는 조국의 하늘 아래서
나라를 구하고 당신은 산화되어
조국을 지키는 영원한 기수가 되었나니
오늘 여기 작은 힘이나마 보답하기 위해
호국 보훈의 정신으로 무릎을 꿇습니다.

술

아주 속이 썩어분다
느그아배 술 좀 입 못대게 해부러라
먼 놈의 조반도 먹기 전부터
꼼쳐놓은 술을 찾아각꼬
저라고 퍼마시는 줄 모르것다야
저라다가 느그 아배 듸지꺼시다
내가 여직껏 시상을 살아봤어도
술 이기는 사람은
단 한사람도 못봤승께
아이코메 어짜끄나 어째
꺽정이 태산가터야
그래도 느그아배가 쬐끔씩 거드러준께 일하는데
솔했는데
저라다 술병나 듸져불면
얼매나 불쌍하냐

옆에서 커만히 쳐다보고있으면
느그아베모습이 짠하기도 하드라.

어더구져각꼬

해가 질디질고
뙤약볕이 내리 꽂는 여름내내
서숙밭에서 김 메느라
엄매는 녹아난다

앞에 메고 가면
뒤에서는 다시 풀이 돋아
어더구져각꼬
꼬리를 문다

징한 세상이다
그래도 끝까지 메고 있는
엄매는
겁나 숭합다.

- 전라도 방언시입니다.

* 어더구져각꼬 - 넓게펴져 널려있다.
* 질다-길다
* 겁나-아주많이
* 숭합다-착실하다, 대단하다는 뜻으로 사용된다.

아까징키

면상을 다 비깨불고
그것이 뭣이냐

후딱 방에 들어가
빼다지 열어보면
아까징키 있응깨
뚜덕뚜덕 볼라부러라잉

나서불어도 흉지것다
이 징한 놈아

사람새끼가 어쩨그라고
말을 안듣냐
참말로 말 안 듣는 것 보면
아주 환장 하것다야

즈그 애비 닮아서
말을 안 들을 꺼나

징그럽다
아주 살아도 못 살 것다야
먼 사람새끼가
그라고 생겼을거나

야 이놈아 !
삔지리 고기 퍼 먹었냐?

장감장감 싸묵싸묵

눈내리던 날
비까장 내려분께
질가에는 흙탕 물이
장감장감항께
치맛자락 다 망쳐분시롱
그래각꼬 집에 가면
엄매한테 디지게 얻어 들었지라

부삭에 크만솥에 밥 함시롱
등재 한 주먹씩 던짐시로
풍로를 씽씽 돌려불면
불쌀은 보슴보슴 올라 옴시롱
납뿌닥은 불쌀에 삘개지면
따땃항께 거그다가
고구마 넣어각꼬
귀먹던 생각도 참말로 좋았지라

싸묵싸묵 껍데기 비깨불면
흐카게 익은 고구마는
둘이 먹다 혼자 죽어도 모를

맛이었당께라
뭔말인지 잘 모를 것이요
우덜은 이케하면 겁나 재미진데라
못 알아먹는 사람한테는
횝마 쪼깐 아짐찬 하요.

시인의 노래

비오면 젖을세라
눈오면 넘어질세라
근심 걱정 끝이 없고

내딛는 발걸음 마저도
빌어주는 마음
그게 어머님의 마음일거야

바다보다 넓고 하늘보다 높은
자식사랑 어찌 내가 알리오

가난한 시인은요
지금까지 수많은 시를 쓰고 또 쓰고

지우고 지워가면서
아직도 완성하지 못한 나의 시는
어머님의 마음입니다
어머님의 사랑입니다.

승무

가자 가자 어서가자
빛도 없는 영혼의 흐름
속세떠나 하늘 길 오르는
고뇌속의 발걸음
생과 사의 번뇌
시무 등등주(가르침)

한걸음 또 한걸음
중생보살 합장하여
길고 긴 장삼자락
고깔쓰고 휘감겨 뻗는 소매
달을 삼켜 불러오고
별을 따서 끌어오네

천지신명 소원빌며
느림과 빠름의 이치
춤과 춤을 삼키며
한을 풀어 간다
한을 풀어 간다
너와 내가 들어간다.

3

사랑 이야기

소소한 미소

따스한 봄 햇살에
철쭉은 활짝피어
자태를 자랑이라도 하듯
우리의 마음을 이끈다

어미개를 따르던 강아지는
고무신 한짝을 발견하고
쥐잡는 연습으로 서로 차지하려고
물고 뜯고 정신이 없다

아름다움은 소소한 곳에서
느껴지는지 미소가 난다
내 마음이 아름다우면
세상은 아름답게 다가온다.

답장

선생님 선생님!
들리시나요
깨똑~~~
제 몸이 갈 수 없어
카톡으로 안부 실어 보냅니다

어제는 밝은 달빛아래
창문 열고 세상을 보니
수 많은 별들이 추억을 불러
선생님을 보고 싶게 했습니다

선생님 선생님!
한 번도 그런 적이 없는데
오늘은 깨똑~~ 하고
저에게 답장이 왔으면
좋겠다는 생각을 했습니다

그러니 정말 답장이 왔네요.

가을이 오네요

점점 다가오는
점점 내려오는
만추홍엽

신의 작품인가
자연의 섭리인가
세월가는 줄 모르고

머루 다래 익어가는
붉은 산마루
가을이 오네요.

울돌목에 앉아

자유로운 숭어 떼의
춤사위를 보며
나도 그 속에 함께 하며
자유를 찾아
저 넓은 바다로 나아가고 싶다.

봄나들이

산이 오라 손짓해 올라갔더니
꽃들이 반긴다
진달래 철쭉들이 화장을 하고
개나리는 노랑 한복을 입고
서로서로 뽐내면서
내게로 다가온다
꽃들과 술래잡기를 했다
꽃향기에 취해 잠이 들었다.

사랑의 도화지

은은한 향기가 흘러나오는
차 한잔에 추억을 넣고
아침이 떠오르는 풍경화를 본다

덩달아 사랑을 그리고
상상속에서 비밀을 그리고
그대의 얼굴을 그려 넣는다

그리고는 전화를 건다
향기짙은 목소리를 담는다
사랑의 안부를 묻는다

그리던 도화지를 덮고
침묵 침묵하며
문명 속으로 걸어 들어간다.

사랑의 의미

살아있다는 것은
사랑한다는 의미다

사랑한다는 의미는
세상을 살아가는 아름다움이다

아름다움의 의미는
변하지않는 마음이다

변하지않는 마음은
누군가를 끝없이 사랑하는 것이다

사랑이라는 것은
이 세상에서 없어서는 안 될
가장 중요한 삶의 원천이다

그래서
우리 인간은
언제이고 사랑을 찾고 있는 것이다.

바람난 마음

아침에 눈을 뜨고 보니
잠잘 때 있었던
저의 마음이 보이지않습니다

한참동안 찾아 헤매도
안 보이는 건 아마
당신을 찾아갔나 봅니다

요즘 저의 마음은
당신에게 갔다 온다는 기별도 없이
들키지않으려고 살짝 다녀옵니다

봄이 오는 길목이라 그런지
단단히 바람이 난 것 같습니다
오늘 아침에도 다녀오나 봅니다

사랑이 참 좋긴 좋나 봅니다
예쁜 당신이 다행인 것은
저의 마음이 많이 사랑하고 있다는 것입니다.

이순에 느낀 사랑

마음은 늘 청춘이라 했다
사랑에는 나이가 없다고
말을 한 사람들은 모두다
이순을 넘긴 사람들이 사랑하고 싶어
꾸며낸 말이 였을까

사랑앞에 젊어지고 싶다는구나
정말로 사랑이 완숙한 나이라
사랑을 찾고 사랑하고 싶어
젊음을 보여주기 위한 말이 였을까

인생을 알고 맛보며 살아온
중후한 신사는 사랑을 보고
곱게 피어오른 동백꽃이라
이름지어 부르며
곁에 남아 지켜주고 싶다 했던가

나이는 숫자에 불과 하듯이
젊고 늙음에는 누구나
사랑을 갖고 지키고 싶어 하는가 보다

세월아
거기 섰거라
이순을 넘긴 사람도
사랑 앞에 젊어지고 싶다는구나
사랑하고 싶다는구나.

좋은 사람

내게 좋은 사람은
만나지 않아도
만난 것 같고

멀리 떨어져 있어도
늘 그리운 사람

또한 생각만 해도
저절로 미소 짓는

바로 당신이
그런 좋은 사람

그런 사람을 만나
사랑한다는 게
내겐 대단한 행운입니다.

사랑 이야기

당신과 함께한 세월
엇그제 같은데
어느덧 머리엔 흰 눈이 내려
세월을 말해 주네요

싫은 소리 한번 없고
모든 것을 내게 양보하면서
손잡아 준 행복의 시간

따뜻한 당신 품에 기대어
당신의 사랑만을 먹고사는
나를 나를 안아주는
사랑 이야기.

실루엣 사랑

입가에는
아름다운 미소 머금고
사랑을 알리는
장미꽃 한 아름
잠시 잊었던
추억을 더듬거리며
그대는 내 안에서
다시 사랑으로 부활했다
실루엣 사랑.

기쁜사랑

정
많은
그리움

넌
나를
감싸다

또
다시
다가와

날
잡고
남아서

참
사랑
기쁘다.

진도 낙지 최고일세!

진도 자연산 개펄 속에
꽃낙지 춤출 때면
8개의 발과 몸통
세발낙지 세상이라

맛이 달고 독이 없는
회.탕.포로 만들 때면
낙지요리 독특하여
입맛이 살아나요

빈혈 피로 원기 회복
기력이 쇠해지면
진도로 오세요
진도 자연산 낙지 최고예요.

최고의 미용법

항상 자신을 예쁘게
만드는 사람은
세월이 가면서 추해지지만

항상
남을 칭찬하며
예쁘게 보는 눈을
가진 사람은
세월이 가면 갈수록
보석처럼 빛나는 법이다.

회전목마

동행 없는 외로운 길
낯선 곳에서
의지할 곳 없는 몸을 싣고
회전목마는
오늘도 세월 안고 돌아간다.

아~ 봄이다

봄, 봄, 봄,
아~ 봄이다
미친 사람처럼
목련의 알몸을 빌려
그대곁에 다가가
유
혹
하
고
싶
다.

4

진도군민이 뽑은 애송시 모음

늙어간다는 것은

늙어간다는 것은
도대체 어떤 길인지
전혀 감을 잡지 못하고
처음가는 길이라
아주 서툴고 두렵기도 합니다

그러나 그길은
모든 사람들이 지나갔던 길이고
누구나 한번쯤 가야하는
지나가는 길이라
담담하게 가려합니다

늙어간다는 게
꼭 슬픈 길만은 아닐거라
마음먹고 초행길이지만
지금까지 살아온 경험과 경륜으로
돌다리 두들기듯 조심스럽게 가려합니다

우리가 늙어간다는 것
인생의 아름다운 황금길로
모두가 축복해주는
그런길을 만들기 위해
스스로 위안을 삼고 그 길을 걸어갑니다.

깨달음

친구!
어디를 가려고 하는가
가려거든 혼자 가지 말고 둘이 손잡고 다정히 가세

등에는 봇짐 매고 황톳길 비탈 길지나
힘든 고갯 길 만나거든
서로 밀어주고 당겨주며 그렇게 가세

가다가 배고프면 가지고 오던 주먹밥
봇짐 풀고 앉아 나누어 먹으면서
쉬어 쉬어 가세

바쁘게 간다고 얼마나 빠르게 갈 것이며
설령 바쁘게 멀리 갔다 하더라도
뒤돌아보면 거기가 거기 아니겠는가

못다한 인생이야기로
호리병에 막걸리 비워가며
어깨동무하고 터덜터덜 넘어가세

자네와 걸어가는 인생길
비행기가 있나 자동차가 있나
자전거가 있나 수레가 있나

우리에게 있는 거라곤
등에는 봇짐 매고 고무신 발로 걷는 인생
바쁠 필요 있겠는가

누가 기다리는 것도 아니요
누가 등 떠미는 것도 아니요
바쁠 것이 하나도 없네 그려!

내가 가는 인생길에
자네라는 친구 한 사람이면
더 이상 바랄 것이 없네

지금까지 살아오면서
지상낙원이 어디일까 하고 가는 길이
참 어리석었다고 생각하네

저기 저 선산 지키는 등 굽은 못난 소나무
왜 그리 내 신세랑 똑같은지
술이나 한 잔 따라주고 가야겠네

여기가 어디인가 친구!
불혹 넘어 지천명 지나
이순을 살다 보니 인생을 조금 알겠더이다

이제야 깨달음을 알았는가?
돌아가세나 여기가 거기고 거기가 여기일세
왔던길 되돌아가세!

앞만 보고 힘차게 왔던 길도
발걸음으로 재어보니
6(여섯)자를 못 벗어났네 친구!

깨달음이란 다른 곳에 있는 게 아니고
우리의 마음속에 있거늘
생각해 보니 자네와 나의 인연도 깨달음인 것을......

견우와 직녀가 되어 만나다

삼백~ 네 개의
어린 장미꽃 봉오리
피워보지도 못한 체

노란 나비들의 영혼은
하늘로 오르고 올라
은하의 별들이 되었다

슬픔의 그날의 기억을 지우고
장미꽃은 활짝 피었다
서로가 서로를 위로하며

별이 된 영혼은
오작교를 건너 사랑하는
견우와 직녀가 되었다

영원히 지지않는 별이 되어
우리의 가슴 속에 빛나거라
꼭!

백제의 터에서 한 여인을 만나다

길이 끊겼습니다
더 이상 갈 곳이 없었습니다
흔적만 남아있을 뿐!
이젠 기세당당한 장군도 병사도 없는
역사 속에서나 기억 할 수 있는
잡풀 무성한 초라한 백제의 터!

그 터를 아직까지 지키고 살아가고 있는
백제 어느 장군의 후손 이였을지도 모르는
한 여인을 보았습니다
길을 잃은 그 여인은
누구를 기다리는지 허스름한 통나무 의자에 앉아
먼 산을 바라보곤 합니다

외로움에 지친 그 여인은
혼자서 시를 쓰고 노래를 부르며
때론 웃고 때론 울고 있는 그 여인은
영락없는 우리들의 어머니였습니다

언제부턴가 그 여인을 사랑하게 되었습니다
혼자 지키던 백제의 터를
저와 함께 지키기로 했습니다
이제는 조금은 덜 외로울 거라 믿습니다

저는 백제의 터를 일구어
여인의 입가에 웃음이 활짝 피울 수 있도록
사랑의 상추씨를 뿌리겠습니다
장미꽃을 심겠습니다

더 이상 갈 곳이 없던 그 길을
우리는 이제 만들어 가고 있습니다.

남도진성

삼별초의 마지막 진성
말발굽소리 끊기고
오랑국의 병사는 간 곳 없고
슬픈 여인의 울음소리
처량한 밤을 뚫는다

스산한 바람
가까워지는 파도소리
지친 민초는 밤을 이기지 못하고
꾸벅꾸벅 졸고 있다

남도진성 쌍교위에
달 떠 오르면
두고온 가족생각에 젖어
그리움만 한없는 가슴에 남아
쓸려간 모래톱 만큼
아픈 상흔만 남는다.

봄 쑥

봄 쑥이
쑥쑥 올라오고 있다
이 시끄러운 세상
아무것도 모르고
고개를 내밀고
세상을 두리 번 거리며
쑥이 쑥쑥 올라오고 있다

그래도 우리는
봄 쑥 마냥
언제나 희망을 가지고 있다
아무리 긴 밤이라 할지라도
기어이 아침이 오는 것처럼
쑥이 쑥쑥 올라오고 있다

그저 정직하게
돌을 피해서도 나오고
뿌리를 피해서도 나오고
어떠한 장애물이 있어도
쑥은 쑥 타령을 하지않는다.

진도송珍島頌

진도대교 雲霧속에
태양은 떠오르고
若無湖南 是無國家
忠武公의 울돌목에
沃州고을 꽃이 핀다

尖凸山 정기받아
1년이면 한번씩
바닷길이 열리면은
沃州사람 希望찾아
所願빌러 찾아온다

金骨山에 마이애불
부처님의 恩惠이고
珍島사람 평화롭고
사이좋고 우애있게
선비처럼 살라하네

雲林山房 雙溪寺에
歌樂소리 울려퍼져
사랑이 다가오는 곳
아리랑 어깨 춤이
나도 몰래 절로 나네

가고 오는 沃州장터
사람 사는 정이 있고
쉬미 해창 바닷길에
海上교통 열리나니
沃州經濟 살찌우네

知力山에 말띄우고
푸른초원 드넓나니
知山人들 순진하고
익어가는 오곡백과
물결치며 다가온다

女貴山의 女身像은
자식사랑 참사랑에
품안에 자식이라
앞을 보고 나가라고
所願成就 빌어주네

細方落照 해가지면
어둠속에 헤매일 때
팽목항에 달이떠서
鳥島가는 뱃길따라
引導하는 달빛되네.

개떡 같은 세상

내 책상 위에는 책이 없소
내 책상 위에는 그 흔한 컴퓨터가 없소
내 책상 위에는 글 쓸 종이 하나 남기지 않았오
세상이 썩어 단절하고 싶을 뿐이요
기득권 높은 놈들의 행동이 거울을 보듯
부정부패 썩은 냄새가 펄펄 나기 때문이요

내가 아무리 글을 써서 외쳐도 소용이 없소
귀가 뚫리지 않은 놈들이요
그런 세상에서 살아가는 우리는
참 불쌍하오
그래서 내 책상 위의 모든 것을 치워버렸소
그렇게 하면 마음이 편할 줄 알았는데
매 마찬가지요

지금은 어떻게 할 줄을 모르겠소
개떡 같은 세상이요.

누름돌을 보며

옛날 할머니께서는 어린 나를 데리고
빨래터가 있는 냇가로 나가
모나지 않는 둥그런 돌을
고르고 골라 집으로 가져왔는데
그게 누름돌이었습니다.

누름돌은 우리 집에 필수였습니다
누런 단무지를 담가도
누름돌로 눌러놓고
동치미를 담가도 누름돌을 넣어놓으면
누름돌의 무게로 숨이 죽어
빨간 갓 물이 우러나서
동치미의 깊은 맛을 내어줍니다.

장독대 위에 뚜껑을 보면
동글동글한 돌들이 여러 개 있어
어릴 때에는 장독대 뚜껑이 벗겨지지 않도록
무겁게 눌러놓았을까 궁금했지만
그게 필요했던 누름돌이었습니다

지금 곰곰히 생각해 보니 누름돌은
할머니도 그랬고 어머니도 그랬고
모든 여인들의 맺힌 한도 누르고
참고 살아가는 하나의 정표였던 돌이
누름돌이 아니었을까요

요즘 사람들 참을성 없고
사소한 일에도 짜증내며
자기 성질대로 살아가는 사람들에게
감정을 삭히고 누루는 누름돌 하나씩 가지고
살아갔으면 어떨까 합니다

천년이 흘러도 변하지 않는
누름돌의 역할처럼 요지경 세상의
부풀은 거짓과 행동을 눌러 숨죽이는
누름돌이 지금 이시대에 꼭 필요한
돌이지 않을까 생각이 듭니다.

나는 공주로 간다

오늘 나는 공주로 간다
진도대교를 건너 목포를 지나서
군산 새만금을 넘어
백제의 수도였던 부여
공주의 공산성에 발을 내려놓는다

무령왕의 숨소리가 아직도 들리고
백제의 피다 진 꽃잎마저도
그 설움의 시간을 잊어버리려는 듯
마른 가지에 붙어 애달프다

공주에 풀꽃은 다른가 보다
오래 보아야 한다고 한다
그래서 오래 보았더니
백제의 천년을 지켜온
키다리 쑥꽃도 꽃으로 보인다
거기에 개망초도 키재기 한다

거역할 수 없는 내 삶의 뿌리에서
역사를 되돌려 백제의 땅을
밟고 서 있으니 만감이 교차한다
내 아버지에 아버지가 살았고
그 아버지에 아버지가 대를 이어
살아왔던 웅진 백제시대의 땅을
수많은 전설 속에 아직 나는 걸어가고 있다.

유배의 춤

땅 위에
닿을 듯 말 듯
사뿐사뿐 걷는 모습이
하얀 갈대가 소복을 걸쳐입은 듯
흐느적 거림으로 다가온다

손동작 발동작 하나하나에
설움은 연기처럼 피어오르고
영혼의 꼬리를 따라
따뜻한 춤사위 위로를 삼고
하늘 향해 오른다

창백한 얼굴로
초승달에 몸을 실어
한맺힌 가슴에 흘러내리는 눈물
아픔의 씨앗으로 다가와
낯선 땅에 냉가슴 앓는다

포승줄에 죄인 되어
인적없는 타지에서
한많은 은둔생활 지치고 지쳐갈 때
춤사위로 눈물을 닦아주고
가락으로 아픈 마음 달래주네.

코스모스

길고 먼 길을 혼자 가다가 보니
많이 춥구려
당신이 왠만하면
따뜻한 이불 한 벌
덮어주면 어떻겠소

멀고 먼 우주를 돌아
파란 하늘가에 닿으니
코스모스 화들짝 일어서서
어서 오라 반기네

님아 오시는 당신의 그날도
가을이면 좋겠소
코스모스 꽃잎 뿌려가며
땅에서 하늘까지
사랑하는 당신을 맞이하겠소.

매화꽃

저 예쁜 매화꽃이
저절로 혼자 피었을 리 없다
누군가 옆에서
톡 건드려 주었기에
예쁘게 피었을 것이다

머뭇거리는 매화 옆에
바람이 다녀 갔을까
따스한 햇볕이 다녀 갔을까
누군가 다가가
사랑의 입김을 불어 넣어 주었을까

아~ 매화 너는 행복 하겠다
온 세상의 사랑을
한 몸으로 받으며
붉은 정열의 봄을 기억하며
오랫동안 우리 곁에 남아 있으려므나.

그래도

그래도 라는 섬은
이 지구상에는 없습니다
그러나 그래도 라는 섬은 분명히 존재합니다
내 마음속에 존재합니다

그래도는 언제나 나를 따라 다니며
무슨 일을 할 때면
그래도 되겠니?
다시 한번 생각해 보지 하며
항상 확인을 시켜주는 좋은 섬입니다

그래도 라는 섬은
내가 절망 속에 빠져 헤매고 있을 때는
그래도 다시 한번 일어나야지!
왜 그렇게 나약해 하며
용기를 불어 넣어줍니다

내 마음속에 존재하는
그래도 때문에 나는 살아가는지 모릅니다
그래도는 나와 항상 함께 숨을 쉬며
한 몸으로 살아갑니다

그래도는 정말 나에게 보물섬으로
빛으로 다가오는 좋은 섬입니다

그래도
사랑해!

동백꽃

보라! 아름다운 선혈 빛
동백꽃을 피우기 위해
몇날 며칠을 밤낮으로
꼼지락거렸겠지요.

님을 불러
가슴으로 이야기하며
진한 산통을 겪으면서
더딘 걸음으로
동백꽃을 피웠겠지요.

빨간 물감을
풀어놓은 듯
기분이 너무 좋아
활짝 웃는 모습으로
세상과 마주 하였겠지요.

마지막 겨울을 지키는
초병으로 임무를 마친
동백꽃은 청춘이여라
우리의 사랑이여라.

능소화

(구중궁궐의 꽃)

이루지 못할 사랑이라면
피어나지를 말 걸 그랬니
사랑받지 못할 꽃이라면
피어나지 말 걸 그랬니

왜 그리 침묵으로
말 한마디 하지 못하고
구중궁궐을 떠나
바라만 보고 있는 것이냐

보기는 좋구나
예쁘게도 피었구나
벙어리 냉 가슴 앓듯
님의 뒷모습만 바라보다
세월만 가는구나

눈물로 눈물로 기다리다
님이 아닌 타인의 손길에는
통째로 떨어져 져버리는
자존심 강한 순결의 꽃이로다.

갈치

목포 먹갈치가
뭍에서 바로 올라
눈을 꿈벅꿈벅 떴다 감았다
긴 몸으로 춤을 춘다

춤을 추다가 지쳤는지
좌판에 축 늘어져
몸도 가누지 못하고
가쁜 숨을 쉰다

흥정이 오가고
점주는 큰 작두칼을 들고
몸통을 다섯 토막으로 자르고 나서
소금으로 간을 친다

어떤 것은 구이로 가고
어떤 것은 찜으로 가고
또 어떤 것은 깡다리 새끼와
잡탕으로 나간다

살은 사람이 쳐 발라먹고
뼈는 개새끼가 쳐 먹고
갈치는 영혼도 흔적도 없이
사라져 없다.

코다리의 운명

거리에 악어 떼들이
득실거리고 있다
이 냄새 저 냄새를 맡으며
혀를 낼름 거리며 금방이라도
삼켜 버릴 듯이 달려든다

붉게 타오르는 불판 위에 누워
온몸을 뒤집어 가며
악어 떼의 식감이 되어
고춧가루 온갖 양념으로 뒤범벅되어
몸통이 잘리고 대가리가 잘려
시래기 한 줌과 함께 걸어 나간다

악어 떼들은 나의 대가리부터
집어 들고 맛있다고 야단들이다
코다리에게 숨을 쉴 틈을 주지않고
악어 떼인 사람들의 내장 속으로
파고든다

코다리의 더러운 운명이다
내일 또다시 악어 떼는
거리를 활보하며 더 나은
내 운명의 한판을
다시 찾을 것이다.

사랑은..........

사랑이란
동그라미를 그려가는 것이다

진정한 사랑은
동그라미를 조금씩 조금씩
넓혀가는 것이다

사랑이란
작은 동그라미를 그렸을 땐
더 큰 동그라미를 그려 나가는 것이다

보고픔과 그리움과 아픔과 고통과
인내를 넣어 그려가면
동그라미가 다 그려질 때쯤이면
그 사랑은 완성품이 된다.

압록강물에 손을 담그며

내 아버지가 압록강 전투에서
피투성이가 되어
압록강물에 피를 닦아 내던
그 강물에서 아들인 내가
아버지의 피가 어딘가에 묻어 있을
강 자갈을 뒤적이며
압록강물에 손을 담그고 있다

위에는 끊어진 철교가 보이고
검붉은 바위 어디쯤엔
우·우·우 소리내며 조국을 부르는
병사들의 비명소리가 들린다
닦으면 닦을수록 나타나는 핏자국
그 강가에서 미어 오르는 가슴을 누르며
넋이 나간 미아처럼
압록강물을 손으로 휘~휘~ 저어 본다.

여보게 친구 2

내가 만약
생이 다하여 저승 갈 때면
내 머리맡에 원고지 몇 뭉치 넣어주게나!

구상만 해놓고 다 쓰지 못한 글
저승에서라도 실컷 써서
이승에서 못한 베스트 셀러를
저승에서만큼은 꼭 하고 싶네
알았는가 친구!

그리고 말일세
혹시 자네도 내 뒤를 따라오거든.
아는 체는 하더라도
꼭 내 책 한 권은 사 보시게
공짜는 없네그려 허~허~

아니 공짜로 드려야겠네
내가 저승 갈 때
자네가 넣어준 원고지 뭉치를 다 써서
베스트셀러가 되었거든?

여보게 친구!
내가 만약 저승 갈 때면
내 머리맡에 원고지 몇뭉치 꼭 넣어주길 부탁하네!
알았는가 친구!

여보게 친구 4

내가 만약
생이 다하여 저승 갈 때면
내 허리춤에 막걸리 몇 병 넣어 주게나!

이승에 있을 때
나에게 도움 준 사람들
정배주로 한 잔씩 돌리고
나와 사이가 좋지 못한 사람들
화해주로 한 잔씩 돌리고
그리고 먼저 가신 우리 선조님들께
모두 한 잔씩 돌리고 싶네!

그러니 오래 오래도록
상하지 않는 막걸리 몇 병 꼭 넣어주게나
그 동안 못 마신 술
저승에서라도 실컷 마시며
이제 마음놓고 쉬는 것을
저승에서 만큼은 꼭 하고싶네
알았는가 친구!

그리고 말일세!
혹시 자네도 내 뒤를 따라 오거든
자네도 막걸리 한번 가져오게나!
그러면 자네도 편하고
자네 덕에 나 또한 편하게 지낼걸세
알았는가 그려 허~허~

여보게 친구!
알았는가?
내가 저승 갈 때
막걸리 몇병 꼭 넣어 주기를 부탁하네!

단동에서 바라 본 조국

대한민국 최서북단 섬 마한도를 넘어
신의주 저 산을 넘어
내 조국
내 동포가 거기에 있다

부모 잃은 형제들이
자식 잃은 어버이가
저기 저 산 넘어에
한없이 기다리며 살고 있다

오고 갈 수 없는 저 동토에 땅
언제쯤 다가갈 수 있을까
목메어 불러봐도
대답 없는 내 조국 산천

8천만의 눈물이
강이 되어 흐르는 압록강
피빛으로 물든 저 강물은
침묵, 침묵으로만 지켜 흐르고 있다.

민들레 꽃

네가 진정 꽃이더냐, 풀이더냐?
갸날프면서도 독한 너는
아~ 다시 한번 묻는다
네가 진정 꽃이더냐, 풀이더냐?

몸도 가누기 힘든
보도 블럭 사이사이 언저리에
비집고 일어서 얼굴 내민 너는
참 독하긴 독한가 보다.

오고 가는 수 많은 사람들의
발자국 발길질에도
쓰러지지 않는 너는
도대체 꽃이라 했더냐. 풀이라 했더냐?

민들레는
오늘도 모든 걸 받아들이며
천진한 얼굴로 태양 아래에서
활짝 웃으며 하루를 맞이하고 있다.

상사화

기다려도 기다려도
소식이 없는
먼 그리움이다

평생을 단 한 번도 만나지 못하고
가슴 아픈 사랑으로
살아가는 기다림이다

꽃과 잎이
몸과 마음이
이승과 저승에서

애절하게 울어대는 상사화
기다리던 가슴에 피빛 멍울로
온통 빨갛다

연지곤지 빨간 족두리
목 긴 꽃 대롱에
영혼의 사랑

상사병을 앓으면서도
끝까지 포기하지 않는
너는 상사화.

감 국甘菊

말없이 서서
풀 속을 헤매이는
너는 누구냐

바람결에 보일 듯 말 듯
키재기 하자는 것이냐

지천에 깔린 너는
언제 사랑을 받아야 하는지
하늘 향해 노래하는
가을 주인공이 너라 했드냐

작은 고추가 맵다고
너도 꽃이라고 향기 한번 좋구나

켜켜이 가슴에 물들이고
적셔오는 저녁놀
온 세상이 노랗다
너를 정녕 여인이라 부르라 했드냐
꽃이라 부르라 했드냐

조선의 들국화
네가 바로 감국甘菊 이렸다
오~ 내 애인 같구나.

곶감

인생은
잘 말려서 만든
곶감과 같다.

인생은
누구나 태어나면서
곶감 한 줄 가지고 태어난다

살아가면서
곶감의 맛은 다를지 모르지만
수 많은 인생이 담겨져 있다

꼬챙이 속에서
하나하나 빼 먹으면서
인생은 완숙해진다

자기가 가지고 태어난
곶감을 다 먹어보지도 못하고
가고 있는 것은 아닌지 ......

어느덧
황혼이 찾아오는 것 같아
허무하다.

사랑이라는 것은.....

사랑이라는 것은
꼭 사람을 사랑하는 것만이
사랑은 아니다

사랑이라는 것은
꽃과 풀과 새와 나무와
강아지를 사랑하는 것도 사랑이다

사랑은
우리가 매일 마시는 물처럼
단 하루도 사랑 없이는 살 수가 없다

사랑은
자랑하지 않아도 된다
나타나지 않아도 마음이 중요하기 때문이다

사랑은
베풀어야 돌아오듯이
받으려고만 노력하지 말아야 한다

사랑은
다 같이 하면 더욱 좋다
정해진 것이 아니기 때문이다

사랑은
꼭 해볼 만한 것이다
사랑은 그만큼 아름다운 것이다

나는 사랑이라는 말만 들어도
황홀해 몸 둘바를 모르며
가슴이 벅차 온다

사랑은
그래서 좋은 것 같다
나는 사랑을 먹고 사는 사람이다.

사랑 보험

내 사랑하는 사람은
파이낸셜 플래너다

작은 사랑 하나까지도 꼼꼼이
쉽게 넘기질 않는다

그래서 나는
그 사람을 더 많이 사랑한다

혹여 사랑이 부족할까 봐
특약으로까지 세심한 배려를 한다

마음 아파할까 봐
일당 의료비도 높이 올려 놓았다

사랑 보험 하나 들어 있으니
우리 사랑은 너무 든든합니다

사랑 보험의 유효기간은
100살 종신 보험입니다

사랑 보험료는
우리가 만나는 날이면
마음에서 자동 인출됩니다

고맙습니다
사랑합니다. 많이.......

김삿갓 울돌목에 오다

김삿갓 울돌목에 앉아
비를 부르니 비가 오고
바람을 부르니 바람이 불고
바다물을 보고 손을 저으니
파도가 일렁이도다

나 또한 궁금해 묻길래
그대가 물으니 대답하노라
그래 그대가 알고 있는
그대로 일세!
궁금증이 좀 풀렸는가?

사람들아 사람들아
욕심내지 말고 순리대로
비우고 비우고 또 비워
초심으로 돌아가세나!
그게 우리가 지니고 살아야 할 기본인 걸세!

알았능가!
알았으면 대답하지 말고
그대로 행동으로 보여주고
그리고 사랑으로 사시게나!

술

아주 속이 썩어분다
느그아배 술좀 입 못대게 해부러라

먼 놈의 조반도 먹기 전부터
꼼쳐놓은 술을 찾아각꼬
저라고 퍼마시는 줄 모르것다야

저라다가 느그 아배 듸지껴시다
내가 여직껏 시상을 살아봤어도
술 이기는 사람은
단 한 사람도 못 봤승께

아이코메 어짜끄나 어째
걱정이 태산가터야
그래도 느그 아배가 쬐끔씩 거드러준께 일하는데
솔했는데

저라다 술병나 듸져불면
얼매나 불쌍하냐
옆에서 커만히 쳐다보고 있으면
느그 아베 모습이 짠하기도 하드라.

보배섬의 울림

보배섬 진도는
어디를 가도 예술이 젖어 있더라
진도의 산과 바다와 땅과 하늘에도
울림이 넘치는 예술이더라.

보배섬 진도는
어린아이의 울음소리도 가락이요
부엌의 그을린 벽 속에 사군자가 탄생하고
흘린 물 자욱 속에도 시는 피어나더라.

보배섬 진도는
어디를 가더라도
흥에 넘치는 예술이더라
울림이 넘치는 예술이더라

보배섬 진도
그 속에 내가 살아가노라
내가 바로 예술이더라
그게 진도이더라.

생일상을 받으며

이른 새벽에 일어나
정성으로 끓여 준 미역국
고마운 마음에 목이 메여
잘 넘어가지 않는다

젖어오는 눈시울
콧 속을 타고 내리는 눈물을
들킬까봐 고개 숙인 채
한술 한술 목에 넘긴다

님이 알면
청승 떤다고 흉보겠지만
정작 이 미역국을 드셔야 할 사람은
여기에 계시지 않는다

생일상을 받는 날이면
돌아가신 부모님이 생각나고
무척 그리워지는 날이다.

겨울밤 겨울 소리

밖에는 하얀 솜눈이 펑펑 내리고 있다
더러운 세상을 잠재우며
침묵하라 한다
삶은 누구를 위한 것인가
도무지 모를 일이다

저 멀리서 겨울밤을 가르며
삶의 소리가 들려온다
뻔~데기, 뻔~ ~ 뻔~데기
발자국 소리와 함께
더 가까이 들려오는
또 다른 삶의 소리
찹쌀 떠~억, 찹쌀떡 사~려

왠지 그 발자국들을 따라
진실의 삶을 배우고 싶다
작을데로 작아진 초라한 겨울밤
하얀 달빛 속에
돌아가신 부모님이 생각나는 밤이다

오늘도 뒤척이며
흰눈이 쌓여가는 모습을 내려보며
어느덧 겨울밤 겨울 소리와 함께
홰치는 소리를 들어야 할 것 같다
나의 눈은 붉게 충혈돼 있다.